Disney

Winnie l'ourson et

l'éfélant

le FiLM

Fais comm

D1293395

PRESSES AVENTURE

© 2006 Disney Enterprises, Inc.

Tous droits réservés aux niveaux international et panaméricain, selon la convention des droits d'auteurs aux États-Unis, par Random House, Inc., New York et simultanément au Canada, par Random House du Canada Limité, Toronto, concurrement avec Disney Enterprises, Inc. Winnie l'Ourson et tous les autres personnages qui y sont associés sont des marques de commerce de Random House. Inspiré de l'histoire de A. A. Milne et E. H. Shepard.

Paru sous le titre original de : *Just Like me*

Ce livre est une production de Random House, Inc.

Publié par **PRESSES AVENTURE**, une division de
LES PUBLICATIONS MODUS VIVENDI INC.
55, rue Jean-Talon Ouest, 2ᵉ étage
Montréal (Québec)
Canada H2R 2W8

Dépôt légal - Bibliothèque et Archives nationales du Québec, 2006
Dépôt légal - Bibliothèque et Archives Canada, 2006

Traduit de l'anglais par : Catherine Girard-Audet

ISBN-10 : 2-89543-512-X
ISBN-13 : 978-2-89543-512-9

Nous reconnaissons l'aide financière du gouvernement du Canada par l'entremise du Programme
d'aide au développement de l'industrie de l'édition (PADIÉ) pour nos activités d'édition.

Gouvernement du Québec — Programme de crédit d'impôt pour l'édition de livres — Gestion SODEC

Disney
Winnie l'ourson et
l'éfélant
le FILM

Fais comme moi !

Adaptation par Apple Jordan

Illustré par Disney Storybook Artists

Conception par Disney Publishing's Global Design Group

Maman Gourou et Petit Gourou entendent un drôle de bruit.

Ta-root ! Ta-root !
Qu'est-ce que ça
peut bien être ?

Petit Gourou découvre

une empreinte de patte.

Coco Lapin dit qu'elle
appartient à un éfélant.

« Qu'est-ce qu'un éfélant ? »
demande Petit Gourou.

« L'éfélant est une créature
effrayante ! » dit Tigrou.

Mais Petit Gourou veut trouver un éfélant.

Petit Gourou capture un éfélant. Il s'appelle Lumpy.

Mais Lumpy n'est pas effrayant. Il est comme Petit Gourou.

Lumpy aime

courir et jouer...

… tout comme

Petit Gourou.

Lumpy aime

faire des dégâts ...

…tout comme

Petit Gourou.

Lumpy aime les collations savoureuses…

... tout comme
Petit Gourou.

Et Lumpy aime patauger

dans l'eau…

... tout comme

Petit Gourou.

Petit Gourou libère
Lumpy. Ils sont
devenus amis.

Petit Gourou invite
Lumpy chez lui pour
le présenter à ses amis.

Ses amis ont peur.

Ils capturent Lumpy.

« Lumpy n'est pas effrayant,
dit Petit Gourou. Lumpy
est comme nous ! »

Les mamans éfélants sont

comme nos mamans.

Elles aiment

leurs bébés…

...autant que Maman

Gourou aime Petit Gourou